KB026881

당신은 첫눈입니까
이규리 시집

문학동네시인선 151 이규리

당신은 첫눈입니까

시인의 말

나는 잠깐씩 죽는다

눈뜨지 못하리라는 것
눈뜨지 않으리라는 것
어떤 선의도 이르지 못하리라는 것
불확실만이 나를 지배하리라

죽음 안에도 꽃이 피고 당신은 피해갔다

2020년 12월
이규리

수희(秀熹)라는 이름의 푸른 수희가 있었다

차례

2부 너무 아름다워서 너무 미안해서 다른 말을 하기도 했다

3**부** 두 개의 흔들림과 두 번의 수평

4부 저는 제가 없어진 줄 모르겠습니다

1부
우리 서로 미래를 돌려주었는데

상자

상자들을 두고 그들은 떠났다

아래층에 맡겨둔 봄을
아래층에 맡겨둔 약속을
아래층에 맡겨둔 질문을
아래층에 맡겨둔 당신을

아래층이 모두 가지세요

그 상자를 나는 열지 않아요

먼저 온 꽃의 슬픔과 허기를 재울 때
고요히 찬 인연이 저물 때

생각해보면 가능이란 먼 것만은 아니었어요

그러므로 그래서

산책은 나무에서 나와 나무 아닌 곳으로 들어간다

해 질 무렵이면
마음은 곧잘 다른 마음이 되어

노을을 낭비하였는데

이어지는 저녁의 이야기는
흐린 은유는

아무때나 친절하면 안 된다는 듯

우리는 지나가는 그늘
공기조차 알아채지 않도록

그건 나무에게 이름을 걸어주지 않는 이유와 같을 것

없는 슬픔이 도와
그러므로 그래서

안녕히 가세요
나의 시간

흰 감정
—우유니 사막

그 사람들은 살아서 돌아갔어요

그때 흰색을 가지고 갔어요

한번 흰색을 본 사람은 다시 눈뜨는 일이 얼마나 어려웠을까요

아득하다 아득하다 우물거리며

말문이 막히며

그렇게 처음이 되고 있었어요

우기의 소금사막은 투명한 빙판이어서
그 위로 긴 잠을 쏟으며 여러 차례 돌아누우며

돌아가지 않아…… 중얼거리기도 했어요

나는 누구인가
내가 아는 사람이던가

흰
말씀들 자욱이 깔리어

이건 꽃잎
이건 무한
모든 의미는 의미 없음으로 눈이 부시어 눈이 멀어

제 안의 비극이 아름답기도 하였지요

무슨 일이 있거나 어떤 마음이 들면 흰색을 기억해요

햇볕은 짜디짜고

우린 참, 시시했어요

얼음 조각

축제는 축제를 견디려 종일 서 있었다

잠시 그들의 일부가 되어주기로 하였으므로

음악이 흐르고
불빛이 내리고

나는 잘 죽어야 한다

하루를 사는 일
이건 녹지 않으려 안간힘 쓰던 저들 삶과 얼마나 다를까

잠시를 영원으로 아는 사람 눈먼 사람 말이네

모든 날들인 하루
그래 하루라는 건 결코 허한 시간이 아닌 거야

부재하고 싶었어 멸하고 싶었어 저 실상으로부터

허리가 끊어질 듯 아프고 목이 가늘어지지만
나는 서서히 사라져야 한다

어떻게 죽는 방식이 사는 이유가 되었니

카펫을 적시며
왔던 곳으로 돌아가는 적막을

투명하다는 건 힘이 될 수 없지만
어떤 패도 지킬 수가 없지만

버티어온 힘으로
그러니 다시 고쳐서 말해보자

죽음이 이미 거기

있었으므로,

느리게 또 느리게

어느 것을 잊고 싶어?
언제까지나 잊고 싶지 않은 것
—앙드레 지드

반쯤 뭉개진 몸을 끌며

인도 가운데까지 기어온 지렁이가

다시 돌아가기엔 멀고
나아가기도 아득한
바로 그곳에서

사라졌다
흐,

이유가 길면 우리 더 비참해진다는 걸

누구나 보고 싶지 않은 건
보지 않을 수 없는 제 허무일 것이다

네가 사라졌던 그 여름 쪽을 향해
내가 안도했듯이

그렇다 해도 잊고 싶은 건 결국 잊히지 않는 것이므로

돌아갈 수도 또
나아갈 수도 없는 저 발가벗은 햇볕 속을

느리게 아주 느리게 기어가고 있는
지상의 춤,

멀어라

입술

당신은 좀 다른 줄 알았어요
제주 말고기가 부드러워졌다지만
그렇다고 먹고 싶지는 않아요
여자들은 아무도 그걸 먹지 않았어요
점점 멀어지는 실어 대신
붉은 남자들의
입술을 바라보기만 했어요

번들거리는 입술
그토록 큰 면적이 있을까요
피해 달아나던 밤은 암울했지요

입술은 어두웠던 날을 떠돈 의기양양들이지만
우스운 믿음이었을 뿐

제 생을 말고기 살점인 듯 씹고
또 씹으며
허무는 동맹처럼 씩씩했어요

그러나 입술은 역사가 되지 못하죠

문 밖을 나서면 생각도 안 나는 이유들끼리

말고기가 왜 질겨야 했는지

어떤 사람은 알았다 해요

여행 흐림

여행은 골목을 바꾸는 일인데,

먼 골목 끝까지 가보았을 때
언젠가 내가 살았던 집인 것처럼
문을 밀자
뭉게뭉게 희부연 구름 덩이가 쏟아져나왔다

손을 휘저어보았지만
손은 잡히지 않았다

이 흐릿한 덩어리들은
다른 곳으로 던진 상한 마음인 것만 같고
덮은 증거도 같고

여행은 슬픔을 바꾸는 일인데,

나는 내 안의 말을 바꾸지 못하여
태도가 태도를 나무라고 있으니

그 골목 허전한 어디쯤 생의 청명이 있기나 하는지
펴보는 빈 손바닥은
머뭇거림과 갈등과 고립과

나는, 안 되는구나

길었구나

저 끝 돌아오라 누가 손짓을 해도
발바닥이 들러붙어 옴짝할 수 없는

구름 골목에서

역류성 식도염

뭔가 하면 할수록 비천해갔다

밤의 이야기들은 어디에서 역류하였을까

누추한 일은
사라지지 않고 남으려는 몸
물이 물 아닌 시름

내 슬픔의 경로는
아무도 모르게 사라지는 일인데

살아 자주 역류했다
당신이
관념이
아름다움이

세상모르고 거기 있을 때
서러운 풍경은 모이거나 흩어졌고
우리는 이해할 수 없는 문과 문 사이에서 앞날을 흔들어
보기도 했으나

거꾸로 서서 내일을 본 적 있니
웃어본 적 있니

물구나무서서 보는 일은 좀 괜찮았는데

무언가 잘 안 되어 생이 다른 쪽으로 돌아갔다면
모쪼록
이것도 역설의 방식이라 하면 안 될까

나도 내가 아닌 곳으로 흐른 때가 많았으니

너무 오래되었다면 그리 두어라

긴 밤이여 솟구쳐 흘러라

겨울 꿈

언제 어디서나 가능한 불가능
언제 어디서나 불가능한 가능

갈 수 없어요
가고 싶어요

안녕

용기를 내어
죽자사자 뛰어왔는데
여보
이건 꽃이 아니잖아

그토록 아무것도 아니었던 의문들
이 간결한 근심들

눈알을 버린다면 그때 꽃을 볼 수 있을 거라는데

미안해
당신을 버릴래

부질없음을 부질없어하는 회오리

꽃은 처음부터 있지 않았어

그리고

쏜살같이 먼 풍경이 되고 마는 북서풍

당신은 첫눈입니까

누구인가 스쳐지날 때 닿는 희미한 눈빛, 더듬어보지만 멈칫하는 사이 이내 사라지는 마음이란 것도 부질없는 것 우린 부질없는 것에 대해 더 많이 이야기하였다 그렇지 않으면 모르고 지나친 일을 견디지 못했을 것이다 낱낱이 드러나는 민낯을 어쩌지 못했을 것이다 생각날 듯 말 듯 생각나지 않아 지날 수 있었다 아니라면 모르는 사람을 붙들고 더욱 부질없어질 뻔하였다 흩날리는 부질없음을 두고 누구는 첫눈이라 하고 누구는 첫눈 아니라며 다시 더듬어보는 허공, 당신은 첫눈입니까

오래 참아서 뼈가 다 부서진 말
누군가 어렵게 꺼낸다
끝까지 간 것의 모습은 희고 또 희다
종내 글썽이는 마음아 너는,

슬픔을 슬픔이라 할 수 없어
어제를 먼 곳이라 할 수 없어
더구나 허무를 허무라 할 수 없어
첫눈이었고

햇살을 우울이라 할 때도
구름을 오해라 해야 할 때도
그리고 어둠을 어둡지 않다 말할 때도

첫눈이었다

그걸 뭉쳐 고이 방안에 두었던 적이 있다

우리는 허공이라는 걸 가지고 싶었으니까
유일하게 허락된 의미였으니까

저기 풀풀 날리는 공중은 형식을 갖지 않았으니

당신은 첫눈입니까

모르는 새

1
아무도 듣지 않는 이야기를 하고 싶어서
아무도 듣지 않는 이야기를 할 수 없어서

만나는 일도
헤어지는 일

우리 서로
모르는 일

날아가는 새는
가는 곳을 말하지 않는다

2
올라가는 길엔
새의 울음
내려오는 길엔
잎사귀의 죽음

자꾸 집을 비우는 마음아

따라올 수도 없는 늦은 이별아

발은 날아가버리고
빈 구두만 남아

슬픔은 끄트머리부터 말라갔다

3

날갯죽지 안에 남아 있던 체온을
둥지에 놓고

한 경계는 비로소 새를 벗는다

우리가 그토록 머금었던 꿈도
부리가 찍은 흔적

떠나가는 꽃들은 무게를 다 버리고

젖은 날개를 털자

당신은 물기도 없이 흩어졌다

이 불쌍한 눈

차창에 여치 한 마리가 끼어
초록 피를 놓았다
죄책감이 밀려왔다

나 힘없는 것만 건드렸네 슬픈 척했네

피와 몸이 동색
안팎이 다르지 않아
진심은 아무 힘이 될 수 없을 텐데
어떻게 여기까지 왔을까

초록은 참았던 피 참고 있는 피 참아야 하는 피
더욱 혼자인 피

연인이 당하는 걸 그저 바라보고만 있던 그런 비참이 있었지

이 불쌍한 눈이여*

힘없는 것들은 힘없는 걸 믿어 끝없고

생각해봐요 이유도 없이 건드렸어요

나도 푸르른 시절 문틈에서 초록 피를 놓은 한 마리 벌레였는데
뭐라고 외치곤 했는데

누군가는 아무렇지 않고 아무렇지 않았으니

내부를 갖지 못한 사람들이 혁명을 이해할까

초록은 허약하다고 하지 않다고,
꿈도 죽은 바깥에서
초록끼리 서로 수혈하며 살며

더욱 부질없어지며

* 가브리엘라 미스트랄, 「발라드」에서.

당신은 너머가 되지 못했다

많은 부분 당신이 옳았으나
나는 그곳을 비껴나려 한다

건너편 강제한 지붕은 이제 거의 보이지 않게 되었는데

나무들이 키를 올려준 때문이다

당신이 잘 보이지 않게 된 걸 어떻게 말할까

옳다는 건 옳지 않음을 자꾸 낳았다

발끝을 곧추세우면 보이던 저쪽
빨간 지붕 아래 당신 있으나

지붕이 보이지 않게 되면서 당신은 너머가 되지 못했다

상당 부분 당신이 옳았으나
나뭇잎들이 그쪽을 가린 뜻은

구름을 모아 해를 모아 허드레 껍질을 모아
따뜻한 새 방을 만들 거야

나오지 않을 거야

옳은 건 그다지 도구가 되지 못하여
마른 수숫단을 세우며 찔리며 매운 연기를 내며 나는

그립지 않을 거야
불을 지피며
쿨럭쿨럭 기침을 하며

조금 웃으며 나는

그런 12월

남은 이야기들은
지워지거나 모르거나

겨울이었지

무슨 말을 덧댈 수 있을까
우리 늘 모호했는데 유독

당신의 정맥,

유난히 추웠던 겨울 집에서
우리 무언가를 보았는데

어떤 이야기들은 선반 위에 둔 흐린 바깥이고
휘파람 같은 거라고
안경알을 닦을 때도

파르스름한 정맥이,

그런 슬픈 그물에 걸려 다시 넘어지더라도
조금 근사하고 싶어

붉은 이상한 저녁에

우리 서로 미래를 돌려주었는데

사랑은 뒤를 봉합하지도 않고 사라지곤 했지

참 추운 날이야
새들의 부리가 작아졌어

이 딱한 부재를 이월하는 상자 밖으로 버리며

이것은

혼자라는
힘

없음에 대한 일

저녁의 문

서풍은 서쪽으로 부는 바람 아니라
서쪽에서 불어오는 바람이라 하나

그냥 다 서풍만 같다

이파리 뒤에 숨은 열매가 말라가고 있을 때
어느 쪽으로 가느냐고 너는 물었다

마른 덩굴은 끝내 팔을 풀지 않고 생을 마쳤는데
그 안은 비어 있었고

어느 쪽으로도 갈 곳이 있지 않았다

거미는 거미를 사랑하고
벌새는 벌새를 부르고

그렇다고 뭐가 달라졌을까

말라가던 열매가 빨갰는지 어땠는지 너는 다시 물었지만
그 말도 비어 있었다

떠나는 일이야말로 서쪽이었는데

그토록 아프다 하면서 세계는 변하지 않는 것이지

꽉 낀 팔을 풀어주고

어느 쪽으로 가는지
어느 쪽에서 왔는지

꽉 다문 입술 어두워지는 문밖으로

다만 서풍이라 싶은 것이다

2부
너무 아름다워서 너무 미안해서 다른 말을 하기도 했다

정말 부드럽다는 건

토마토를 구워보면
구울수록 더 부드러워져서는
눈물이 많아져요

구운 토마토를 당신에게 주고 싶어요

이후의 모습들은 저렇게 무른 모습이 좋겠어요

생각들이 뜨거워지고
제 소리를 제가 알지 못하고
당신은 가방을 메고 종일 먼 곳을 헤매니

구운 토마토를 먹으면
눈가가 붉어져서는
문득 오래전 잊고 있던 내용을
돌아다볼 듯해요

제 안의 독소를 빼내주시니

우리, 단단함에 대해 적을 것이 아니라
하염없이 무너지도록

힘쓸 일이 없도록

아침엔 토마토를 구워요

당신을 당신 바깥으로 놓아보아요

10시의 잎이 11시의 잎에게

깜빡 눈감을 때 연두와 눈뜰 때 연두가 같지 않고
조금 전의 나와 지금의 내가 같지 않음을
어떻게 설명할까
내가 있었음과 당신의 없었음은
또 어떻게 말할까

늦은 오후에 후둑 비 떨어진다
비와 비
그 사이가 바로 연두
말하려다 만다

연두를 설명할 수 없었던 일처럼
사랑도 그러했는데
다 듣고는 믿지 않을 거면서
당신들은 말하라 말하라 다그친다
설명하라 한다
할수록 점점 다른 뜻이 되어가는

절망 배신 희생 죽음 따위와 뭐가 달라

그들 생애엔 순간을 포함하지 않았으리
비루하지도 않았으리

연두가 어떻게 제 변화를 설명할 수 있겠는지
10시의 잎이 11시의 잎에게
마음이 있어도 마음이 영 옮기지 못하는

그 결별들을 다 어떻게

미안하다 말을 못해서

빗길에 착 달라붙은 나뭇잎들 보면

만나지 말아야 할 사람을
맞닥뜨린 느낌이 든다

꺼낼 수 없었던 어려운 말

그렇게라도 한번 짚고 넘어가길 바란 것일 텐데

허드슨강을
툭툭 끊으며 가던 적막한 유빙들
함께 떠가던 찬 주검들
이쪽 심장이 저쪽 심장에 부딪고 있었지

그런 춥고 검은 날
조금 더 갈 수 없다는 걸 알지만
남을 수도 떠날 수도 없어서
이리저리 병을 옮기던 폐와 심장의 기근에서

흔적은 허약한 쪽에 새긴 비명들인 것을

우리 무사할 수 있을까
잘 가라앉을 수 있을까

너무 아름다워서
너무 미안해서
다른 말을 하기도 했다

젖어 선명한 모습은
제 웃음을 저 홀로 듣는 허무나 공포였을 테니

바닥에 착 붙어서

어디 닿을 곳 다시없어서

사물입니까?
—에드워드 호퍼

혼자 노는 사람 말을 잃은 사람 이제 숨소리조차 없어요

빛과 그늘의 순서를 지우다가

눈이 멀다가

그렇게 하염없을 뿐, 이 세계는

무얼 통과하려는 게 아닙니다 그러니

창밖이 창안을 결정하지 말아요

혼자 있는 사람 있는지조차 모르는 사람

무심하게 무섭게

정오가 해를 떠밀고

말라가는 펌프가 목을 꺾어버립니다

*

그는 사물입니까

이제 당신을 모릅니까

자유입니까

어떤 발언도 이후 유효하지 않아요

그런 수순이지요 오래 꿈꾸었던 일 이제야 온전한 일

그러니

창밖이 창안을 말하지 말아요

vertigo

때때로 병을 더 연장할까 싶을 만큼 생은 무료했고

통증도 초기는 아름다웠다

궤양처럼 뿌연 해가 번지고
약이 알록달록해질수록 혈은 무거워갔는데

그때 약국을 나서다가 현기를 만났다

누구신지, 두툼한 약 봉투를 뒤로 감추면서

긴 골목에 목이 가는 꽃으로 피던 날이 있었는데
속이 쓰려 허리를 꺾으며 견디던 날이 있었는데

—겨우 이렇게 살려고?

부신 해를 어찌할 수 없었을 뿐
현기는 왜 그때 마주친 걸까

더 간절한 쪽이 증세를 가져갔다면 그뿐

그냥 보아달라는 뜻뿐, 세상이 빙글빙글 돌던 식당에서
강의실에서

오후 네시가

눈꺼풀이 아래로 쳐지며 세계를 돌리며

흐릿하게 하릴없이 방언을 중얼거리며 흐흐

버티고
버티고

천지간 만다라 화려하여라

슬픔을 감다

나의 고래가 비닐에 감겨 숨을 거두는 밤이다 벗어나려 할수록 죄어오는 비닐과 플라스틱, 이불을 박차고 나와서 몸을 만져본다 빠직 빠지직 소리는 나는데 이리저리 더듬어도 찾을 수 없어 고래에게로 간다 내가 애용한 플라스틱 내가 사랑하는 고래를 감았는데

물속 당신이 없는 깊은 일요일, 당신이 없을 때 나는 온전하다 그림자나 수초가 온전해진다 그걸 평화라고 적으면서 헤엄을 치고 기지개를 켤 때, 일요일의 은둔형 외톨이 고래를 툭 치는 것들, 극지방까지 패키지로 몰려온 비닐과 페트와 애장품인 껍질과 누추와 몰이해

비상벨의 빨간 표시등은 형식일 뿐 기다리다 때를 놓친 슬픔들은 다 보았다 빨간 숫자는 이미 당신이 외면한 세부, 세상은 왜 설명만 하고 있는지 결국 고래는 숨을 거두었다 비닐을 수건처럼 목에 두르고 눈을 감았다 아무도 없는 깊은 일요일 교회에 간 사람들은 오래 무슨 기도를 하였는데

기도를 길게 평화롭게 나누는 동안 고래는 가라앉았다 사랑을 다 바꿔야 가능할까 어쩌자고 남은 슬픔에게 약속을 하였나 고래를 위하여 바닷속 파랑을 위하여 그리고 이후의 비천한 꿈을 위하여 어디라 조금 덜 하자 덜 나자, 푸른 눈물이 비닐을 적실 때 어쩌면 고래가 될 당신들과 당신의 어

린 고래를 위하여

불편으로

불빛을 좀 낮춰주세요

내가 아프니 그들이 친절해졌는데요

그러지 말아요
아픔을 가져가지 말아요

만나는 사람들 저마다
상처받았다 받았다 하니
상처가 사탕인가 해요

태생들은 불편이었을까요

불편을 들이며 그만한 친구도 없다 생각했는데
이제 그거
별일 아니라는 듯
별이라 불러보려 했는데

그 별 다치게 한다면 멀게 한다면

일찍 늙어버린 사람
마치 그러기를 바란 사람처럼
별과 별 사이를 어떻게 가늠할 수 있다고 그랬을까요

손톱에 피가 나는 줄도 모르고 한 생각을 물어뜯도록

괜찮아요 절룩이며
여기 남을게요

불편이 당신을 보이지 않는 곳까지 이끌 수 있다면
별을 헤듯

그래요 여기 남아서 말이죠

일회용 봄

아물 때까지만 너의 이야기

일회용 밴드를 떼자 치사한 어제가 감쪽같이 사라졌다

이기적인 상처

표정이 좀 바뀌었지만

쓸쓸하단 말은 자유롭다는 말로 대신하기로 했다

—어디서 다시 만나더라도 네가 날 피하지 않았으면 좋겠어

그 말,
밴드를 붙였다 떼는 일처럼 가볍게 들렸다
고무풍선을 불 때도 뭐 놓치는 걸 포함하지만
이기적인 밴드

나는 피할 것이므로

밴드 이후는 비교적 조용했다
우린 불행을 더 잘 믿었고
돌이켜보면 할말이 많았던 때가 제일 슬펐던 때였다

아무렇지 않게 몇 개의 그늘이 들고 나고

진물로 꾸덕꾸덕해진 모서리가 몇 차례 피부를 그었던 기억도
피해갔다

그때마다 밴드가 덮어주었으므로
너는 너를 보지 못했을 것이다

4월의 눈발처럼

죽었던 봄

일회용 봄이 저기 또

살구나무의 침묵은 길었고 나는 늙어갔으나

옥상에 빨래를 널며
옷을 털던 당신이 먼 데를 바라보면
상심이 가까운 거

우린 왜 자꾸 추락하고 싶은 거야

*

안전벨트를 하면
셔츠가 다 구겨져
배에 힘을 주었는데
안전은 안간힘으로 나가서
다 나가서
서러운 주름이 남아

*

잠은 그 일을 해결한 게 아니라
덮어주었다
잠시 유예되는 고민
어디 그러기만 할까
한기를 끌어다 덮던 비현실의 꿈 또 꿈

*

비올라
라는 단어가 참 좋은데
부드러운데
비올라는 싫어하지
비올라는
애인의 전 애인의 악기
그건 지워지지 않는 비올라
시간이 지나도 비올라
어떤 날, 막연하게 어떤 날
확인되곤 하는 슬픔

*

어디 서러운 곳으로 가서
보이지 않는 마음에게 물어보자
얼마나 견디면 그곳을 아느냐고
살구나무의 침묵은 길었고 나는 늙어갔으나
말하면 사라지고 없는 그곳은

*

비밀은 거짓보다 위험해
다 말하지 마
왜 이래 나한테 이러지 마

긴 날들을 우리 어떻게 살아야 하는 거야

*

문득 모르는 저녁이 나를 돌아보네

한낮의 카페

카스텔라는 소리 없이 먹을 수 있어
흘리지 않고 나를 보낼 수 있어
먹다가 보면 나도 모르게
내가 사라질 수 있어

책을 두고
안경을 두고
네시를 두고

누가 옮겨놓은 게 아니라면
약한 부스러기처럼
의자에 미열은 조금 남을 거야

내가 사랑한 구석
그리고 창

이렇게 곧 아플까?
우리는

울까?
나를 붙잡던
사람은

두 개의 문
—르네 마그리트의

한낮의 연애는 캄캄했어요

왜 모든 연애는 숨는지요

비밀은 고단하였는데
생은 생 아닌 힘으로 돌아다니고

연애는 어떤 비참에도 지지 않고 이유를 마련하지만
그것이 야유인 걸 모르지 않아
환상을 덕지덕지 바르면 멀리 갈 수 있을까

어느 낮은 갈증이 오고
어느 낮은 갈등이 온다

모포를 휘감고 대낮을 가는 미친 부끄러운 사랑아

부서져라 부서져라 두 개의 문 앞에서

복면을 하고 우리 키스를 했지
이제 더 숨지 마요

내 것이 아닌 연애는 너무 밝아서

발목을 벗어놓고 발을 더듬거나
눈을 빼놓고 뒤를 쫓아다니는 거

환한 해가 뜬 밤에 우리 남은 얼굴을 지워요

모든 연애는 비겁하였으니

모자를 열어 비둘기나 날려주면서

벽에서 벽으로

벽에 오리온좌를 붙여놓고
우리는 잠을 잤다

이마가 어지러워 눈을 뜨면
조금씩 다른 걸 느낀 듯 서로 말이 줄었고

일억 광년 떨어져 있는 별들도
눈을 떠 다른 쪽을 보곤 했을 것이다

별들이 별자리를 만들진 않았지만
거리가 별들을 이어주었다면

그들은 서로 이해했을까
이해란 가능한 물질일까

아득한 마음이 드는 날에는
손가락으로 금을 긋다가 팔을 떨어뜨리기도 했다

보이지 않는 선들이 이후를 두었거나
사소한 회복에 대해 묻지 않더라도

별자리는 광활하게 바탕을 유지했을 것이다
멀어서 한결같은

불가능하고도 아름다운 도형이

존재와 부재까지

더 혹독한 혼자라는 빛을 보냈을 것이다

눈으로 떠서 가슴에 옮기던
비극적인 날

오리온좌는 나에게서 나에게로 흘러다녔다

장미를 구부렸습니다

그것만으로 여기 머무는 건 아니겠지만

처음 혼자, 라고 했을 때 한쪽이 떨어져나가는 줄 알았습니다

다른 쪽은 얼마나 꽉 잡은 불안이었을까요

장미를 구부렸습니다*

그렇다면

헛것이었느냐 아니라면 허위였느냐

그렇기도 하고 아니기도 합니다

혼자라고 어떻게 혼자였겠습니까만

한 사람은 문안에 있고 한 사람은 문밖에 있는 것

그러다가 문을 지워버리면

무서운 건 문에 있지 않지요

어떻게 한 세계만을 강조하며 가려 했을까요

이젠 삶이 나를 피해갑니다

그렇다면
장미는
짧아지겠습니까?

* 딜런 토머스, 「푸른 도화선으로 꽃을 몰아가는 힘이」 가운데 "구부러진 장미"를 변형했다.

안녕 편의점

다가와 악수를 청하는 사람이 있었는데

면발 위에 뜨거운 물을 부을 때나
커피를 저을 때까지도 생각나지 않았다

나는 잘살지 않았으므로
누가 알은체하면 두려움이 많았고

먼저 나가주기를 기다리지만
바깥은 혹하게 더웠으니

대신 무심한 편을 택하기로 했는데
오늘은 무더위가 할인품목이며
고립과 우울이 1+1이라는 정보를 흘려주고 있다

당신은 누구입니까

우리 각자 다른 일인이 되어
절연과 독거의 푸른 꽃 즙을 빨며
이곳으로 숨어들었을 터인데

무엇보다 내가 나를 알까 돌아서는데

일몰이 어둠에게

자꾸 안녕하냐 안녕하냐

그딴 거 묻지 않기로 해요

창으로 오던 이유들

눈과 눈이 들도록 붐비던 눈보라
창들이 만족해할 때

—없었던 일로 하자, 너는 말했다

놀라운 발상

어쩌자고 눈이 눈을 가리고 있을 때

없었던 일
없었던 눈보라는

현기

이마가 다 벗어지도록 선두에서 날아가던 새는
자신의 과오를 알아버렸다

없었던 일 없었던 눈은 결국 감쪽같았다

그러니 한 잔의 취기로 눈을 방문하는 밤 따위 없을 것이다

적설이 생을 간섭하지는 않을 것이나 다만

무심히 꽃 피고
무심히 살고
무심히 불쾌해하며

이유라는 게 그러하지

없었던 일은

죽어도 없어지지 않을까봐

그해 안개

원했던 건 그렇게 먼 곳으로 흘러가요
다 흘러가요

안 보이는 것이 이토록 다정한걸요

복면한 사람 중에 당신이 있었어요

서로 알아보지 못했으므로
기쁨이 자욱했던 것

다가갈수록 흐릿해지는 이것을
누군가 진실이라 말하기도 했어요

암전

세계는 던져둔 위반에 시달렸으니

우리가 도모할 일은 이제 사라졌어요

그러니 안개가 숨겨줄 거라고 한번 믿어봐요

어리석은 인과
우리는 우리를 벗어날 수 없지만

하지 못하는 일이 많아 다행이었어요

다시 암전

그럴수록 아무도 모르는 먼 곳으로

하

당신
그립지 않아요

3부

두 개의 흔들림과 두 번의 수평

이후

봄은 오는 게 아니야 가고 있는 거야
그러니
손목은 너무 세게 잡지 말고
갈 때 놓아주도록 살며시

살며시, 라는 말 울고 싶은 말이기도 한데
당신은 거기서
나는 여기서

빽빽한 숲에서도 한눈에 드는 나무가 있지
놓아준 나무
놓아준 손목
시끄러운 곳에서도 뒤돌아보게 하는 목소리는
그렇게 놓아준 것이야

그 소리 목소리도
가고 있는 거
원했던 건 가고 있는 거

가고 있는 건 고요가 되겠지
비유 너머에 있는 그것
너머라는 말도 울고 싶은 말이었는데
거기 알 수 없는 그늘이 있지

느릅나무 분재는 겨울에도 가득 초록 잎을 달고
놓아줄 때를 잊고서
오래 머무는 건 정말 무서웠는데

쓸쓸하게도 머무는 사이 우는 법을 알아갔을 것이다

나무가 풍경에서 나갈 수 있도록
손목이 약속에서 나갈 수 있도록

차다

한 이야기가 떠날 때 찬물 냄새가 났다

냄새는 라일락, 장미, 이기, 땀, 비, 모순 이런 순서였다
순서는 정직했다

누가 거울을 여기다 쏟았니

무엇이 증식했니

슬퍼할 겨를 없이 쓰고 기뻐할 겨를 없이 지운다

이불을 끌어다 덮으니 발목이 뽀얗게 드러나
이 마음이 저 마음을 벗겨놓았으니

쪽잠을 자고 나면

물은 어제보다

차가워져 있으리

놀라운 일, 바이러스

너무 이상한 관계들
너무 이상한 싸움들
너무 이상한 진실들
너무 이상한 당신들
너무 이상한 공기들

싸구려가 된 죽음 싸구려가 된 골짜기

모르고 싶어요
나는 몰라요

(……)

당신은 사하라
나는 툰드라

우리
만나지 말아요

그래야, 남을 수, 있어요

종

그 슬픔은 팔다리가 없을 테니
온몸으로 말을 했을 것이다

머리를 깨뜨려도 당시엔 도무지 알 수 없는 일들

삼나무 길 지날 때 종소리 들렸다
종소리에는 왜 죄의 냄새가 묻어 있을까

몸을 움츠리고

나는 누구를 버린 사람이 되어
숨는 마음이 되어

누추한 마음도 가려주어야 하므로 저녁 여섯시는 필요하였다

팔을 길게 벌린 나무들이 사람처럼 무서워
잰걸음을 할 때

저녁 새가 소매를 물었다

아무리 해도 다치게 한 것
어두웠던 것

아직 더 가야 한다면 나를 나 없는 곳으로 보낼 수 있을까

남은 소리가 종을 다 떠나면

이제 울음도 아껴 사용해야 한다고
다가오는 날들이 말을 한다

유전

멀리가지 않더라도 흰색을 본다면 오래전의 말씀을 생각하겠어요
나의 것이 되지 않았던 의미를 별인 양 이마 위에 놓겠어요
서쪽으로 의자를 두고 앉아 노을이 멀어도 상심하지 않겠어요
캄캄한 데서 흰빛이 나오네요
그러나 흰색 따라가진 마세요 그거 눈멀어 얻은 거니까요
밤에게 친절하지도 마세요
친절이라면 나는 부끄러워요 다른
뜻이 있었으니까요

멀리가지 못하더라도 간혹 그날이 생각난다면 물속 그늘로 오세요
눈은 두고 오세요
눈이 필요 없는 그곳에서 말없이 어떤 기미를 알아챈다면
흰색을 만나는 일
별 모양의 신표를 내어 밀겠어요
어두워서 혹 그 뜻 전해지지 않는다면
지느러미가 밀어주는 물결을 받으세요
어두울 땐 어두워서 좋은 자유를 누려도 보세요
자유라면 나는 또한 부끄러워요 자주 달리
사용했으니까요

누군가 두고 간 우산처럼 내 슬픔이 오래 구석에 있었어요
찾아가지 않은 건 무슨 색일까요
이름 없는 것은 저희끼리 동맹을 하였어요
흰색동맹이라 할까요
힘이 없어서 힘이 되기도 했던,
사방의 의인들이 몰렸으나 그들은 아직 흰색이 힘을 얻지 못한다며
돌아갔어요 말없이 서 있던 슬픔이 조용히 날개를 폈어요
그 뒤로 흰 안개가 피어났어요 잃어버린 내가 잃어버린 구석이 되었죠
나는 나를 버릴 수 있었던 건가요 찬란인가요

어쩌면 그건 쓸쓸하고 매운 선택이겠지요
좋아요
흰색에 있겠어요
잊혀지겠어요
가여운 삶의 누추를 내가 갚겠어요
슬픔이 완성된다면
사라진다면

소리가 소리를 되돌리는 이유

숲의 귀가 한쪽으로 기울어질 때

딱따구리가 나무를 쪼고
소리가 소리를 쪼고 있다

메아리를 되돌리고 있다

가끔
왜 여기서 이러고 있는지
왜 수치를 견디는지
왜 서쪽으로 향하는지
모르면서도 계속할 때

반복은 외로운 이들 몫이었는데,

그것으로부터 너는 얼마나 떠나왔는지

소리가 소리를 쪼는
연속이
숲을 채워왔다면

새가 새 이상인 순간이다

미래가 꼭 어디쯤이어야 할까

무얼 하는지 모르면서 하는
어디까지인지 모르면서 가는
그런 적막이면

굳이 그곳을 말하지 않아도 되리

바다

새벽빛을 오래 바라보다가
볶은 콩 네 알을 씹으며 속쓰림을 달랬다

우리는 아침을 함께 본 적이 없다

데려오지 못하는 아침에게
질문하는 대신 나는 답을 줄여나간다

내가 원하는 날짜가 이생엔 없을 것

새벽빛은 보라와 실어와 분홍의 순서였고
마음은 적요와 파랑과 고립의 순이었다

배들이 떠 있을 뿐 나아가지 않는 평면을

종일 바라보았다
그런 것
적막이야
나의 말도
두 개의 흔들림과 두 번의 수평

흔들리지 않는 배들은 고통이 아래에 있을까

마음은 무엇입니까
어린 사람이 큰 사람에게 물었다는데

갈 때는 보이는 쪽, 올 때는 어두운 쪽
모르긴 해도 누구나 흔들리고 있었을 것

잘하려던 아침은 울곤 하여
잘하지 않는 편을 택하는 마음이 나을 것이다

내가 점점 사소한 일이 되었다는 걸 잊었다 해도

종이꽃

순두부를 뜨는데

태어나기 직전의 말랑말랑한 목숨

슬픈 익명이
미끄러진다

그때, 이렇게 몽글몽글했을까

순두부를 뜰 때면 숟가락을 피하는 것에 대해 생각해
미끄러진 태아에 대해 생각해

희고 말랑한 것 말갛고 혹한 것

순하지 않은 순두부
울음을 터트린 순두부

말랑말랑한 볼을 하나 둘
꼬물꼬물하는 손가락을…… 아홉 열, 가시덤불에 던졌으므로
나는 열 번 형장에 올라야지

열여섯은 파랑 서른둘은 격랑

이들은 99.9퍼센트 친자관계가 성립합니다

구름의 손으로 떨어뜨린 글자
누군가 서류를 쓰윽 들이밀며

이들은 친자관계가 성립합니다

낙하 혹은 낙화

종이꽃은 꽃도 아니고 종이도 아니었는데
몽글몽글 순두부

아마포가 나를 확 덮어버리는데

그녀에게

혼자 울고 싶은 날이 있지
해 질 무렵
어떤 매혹이 강을 부르고

위험을 친근하게 해주었으므로

나는 강물 쪽으로 점점 다가가고 있었는데
자리를 찾고 있었는데

산책로 한쪽에 주차한 승합차 운전석에서
한 여자가 울고 있었다
오로지 울고 있었다

내 울음이 그쪽으로 건너간 듯

방죽을 돌아 다가갔을 때
그녀 아직 울음 속에 들어 있었다

울음에도 유속이 있어
어떤 소용돌이에선 전신이 다 빨려나가기도 하지
한순간이 자포자기의 회오리로 자진하기도 하지
저 속도에 휩싸여 나도 모르게

조수석 문을 열어젖히고 성큼 올라타
더 크게 울어버렸지
무지하게 차지해버렸지
놀라 바라보는 눈 속에 붉은 강이 비치고

상류에서 하류까지
울분에서 자조까지

슬픔이 슬픔을 덮어 강 아니겠는지

이윽고 그녀에게
천천히 제자리에 돌아온

밤에게
강물에게

유리의 나라로

긴 대롱 끝에서 둥글게 유리가 불려나오곤 했다

유리에게 자의식이 있다면
투명일 것이다

우리 가까스로
속을 다 보고 보여주려 했는데
더 솔직하고 싶을 땐
거짓, 동성애, 도벽, 가출을 내밀기도 했는데

장미를 보았다고 장미를 이해한 건 아니다

의심은 투명에서 나오고

고백처럼 위험한 게 또 있을까

우리 어디 얼마나 가야 하는 거야

그해 장미는 여름을 더욱 믿지 않고 있었다

아름답다 말하는 것, 유리의 나라에 대하여
오래 생각하지 않을 것이다

생에 성실할수록
드러내지 말아야 했는데
선의는 불안한 것이니

유리가 본 나라는 쓸쓸한 파편의 나라

그러므로 모르고 싶었던 공원 모르고 싶었던 튤립이라
하자

4월의 눈

부질없지만
부질없음으로 더욱 부질없지만
4월이 4월에게 있었습니다

색을 보는 사람들은
그것이 사라진다는 걸 적지는 않겠지요

4월의 눈이 아름답다 하는 동안 어떤 연두는 다 얼었는데

어린잎들이 입을 물었습니다

이제 그들은 자유입니다

어떤 자유는 패배

다친 곳을 묵묵히 들여다보아요

우리는 왜 똑똑하려고 애를 썼을까요

사라진 연두에 대하여
그리고 밤에 읽는 죽음에 대하여
피해갈 수 없는 것을 두고

남은 사람은 여전히 어려울 것입니다
덧없고 찬란한 이것을
슬프고 아득한 그것을

그러니 어서 가도록 해요

가서 말하지 않도록 해요

결국 우리가 그걸 알고 있지만

이별한 사람들 한차례 바다로 나갔다
거친 바람과
파도가 현장을 도왔고

이별이 이별답기 위해 구두를 흠뻑 적시기도 하는데

그거 절차라는 생각이 든다

파도에서 태어나는 파도
죄에서 밀려오는 죄

물결은 이마까지 밀려와 지우고 덮어라
아무런 생각이 남지 않도록

뭐 엄청난 소용돌이를 안고 온 듯했지만
파도 소리에 먹먹해질 때쯤
왜 왔는지 잊어버리는 때가 온다

거기까지가 바다와의

시간

상처가 결국 절차에 관한 것이라면

기왕의 바닷물에 구두를 한번 더 적셔야 하리

소금 자국이 허옇게 남을 때쯤

적신 것을 후회도 해야 하리

모래로 형식을 툭툭 털면서
아무것도 아닌 듯, 아니듯

결국 우리가 그걸 알고 있지만

얼음

우리 사랑 차거나
단단했지만
어느 쪽도 남지 않았다

투명한 거짓말
남지 않은 것만이 다시 뭉쳐
입을 닫았다

냉철한 매혹이었다

혼자 버렸어요
혼자 지웠어요

당신은 있었습니까

울음

그늘만 찾는 풀들이 있다 뜻한 바 있어 택한 낙향처럼 그늘은 버려진 시간이 아니다 그 자리 온 작고 여린 생들, 착깔린 이끼와 자잘한 괭이밥, 여기까지 온 마음을 다 안다할 수 없어도

내 어둠을 살라 당신을 옥죄었던 그늘도 생각하면 어두운 날들의 축제였다

그늘이라지만 그늘은 둘레를 따로 두지 않고 제자리라 삼지도 않는다 험로를 어떻게 왔을까 싶지만 동류끼리는 셈이 있는 법이니

누구 간섭하지 않으면 좋으리라 가만히 두면 되리라 그 고요 안에도 다툼이 있는데 그건 그들만의 생기라 했다 최소의 의지라 했다

왜 그걸 비켜가라 했을까

햇빛도 제 안의 실의를 감추느라 그늘을 둔 것인데 쓰윽 베이던 차디찬 음해는 습한 세계는

누구나 제 폐허가 막막해서 푸아푸아 울던 시절이었을 것이다

유령들

의미를 찾진 않았으나 무의미는 견디기 어려우니
이제 그냥 가시지요

이곳은 나의 현재가 아닙니다

나는 나를 지키고 싶었던 게 아니에요

엎드려 절하는 남자들의 엉덩이를 식판으로 쳐도 고꾸라지지 않네요

이름 하여

없는 예의, 없는 조율이시, 없는 항아리, 없는 반성, 없는 당나귀, 없는 휴지통, 없는 운동화, 없는 물봉선, 없는 피, 없는 헬륨, 없는 캄차카, 없는 빌어먹을

그러니
그냥
가시지요

잘 버리고 싶었어요

팔다리를 잘라 장작처럼 던져넣어요

활활 타는 비웃음들
죽었던 이름들

다시 살아도
알지 못할 거예요

사무치는 낭비였어요

그해 교무실

스물네 살 영어 선생이
클클 울었다
키가 크고 곱슬머리가 조금 웃겨서
울음을 따라가지 못할 때

—나는 잘하고 싶었는데 말이야,

잘하지 마세요
스물넷은 잘할 필요가 없어요
키츠를 멋지게 읊으면 되어요

들리지 않는 키츠라 환호를 했지요
듣지 않는 곱슬머리 영어 선생은

—키츠는 키츠고 나는 난데
왜? 몰라주느냐고

잘하지 않는 일이 더 어렵다는 걸
스물넷을 두 번 지나고
영어 선생을 영영 만날 수 없었을 때

슬픔은 밤을 좋아했다는 것과
밤은 오지 않았다는 것

그가 내게 만년필을 주었기 때문이 아니라
연약해서
우리가 한 편이었다 해도

곱슬머리를 내가 어떻게 지킬 수 있단 말인가

스물넷은 열여섯보다 더 불안하고

키츠는 닿지 않았는데

폭설

첫사랑은 예의가 없었다

밑줄 안에서 글자들은 숨죽이며 울었다

그리고

철대문은 사무치는 이름들을 부르며 닫힌다

공중에 뜬 난폭한 왕국이 하나

앞을 가리며

또 한번 갇히며

4부

저는 제가 없어진 줄 모르겠습니다

아무 생각도 없을 것이다

어미 새가 먹이를 물어 새끼들 부리에 넣어줄 때

한 마리씩 차례대로

새끼는 새끼대로
노란 주둥이를 찢어질 듯 벌리고 기다릴 때

그 외 아무 생각도 없을 것이다

노랑이나 목숨은
입구가 단단하여

절명이 그렇게 온다면

입을 벌리고 한 생각만 집중한 채

그렇다면 한 생을
정확하게 전달했는가

나는

전야

공작이
날개를 펴지 않는 휴일

가만히 돌을 던지는 사람이 있다

어둡고 누추하다

어떤 차이가 꼭 멀리 가야 하는 걸 뜻한다면
거기 갈 수 있을까

어제는 아프고 아름다움은 위태롭고

내일,
탈출이 뒤를 가려주지 않아도

불확실에게 생을 건다

죽어도 좋을 아침은 없는데
죽을 것 같은 아침이

곧 오고 있다

자폐

우연히 귓가를 스친 곡조 하나를 종일 따라다닌다

흰 토끼 한 마리
흰 양 두 마리

웃지 않아야 할 때 웃었기 때문에 우린 쫓겨난 거다

누가 저 문에 서둘러 못을 친 거야?

말도 못이 되었고 웃음도 못이 되었다

못 박힌 쪽이 못을 기억했다

생일날도 잊고 미역국도 잊고

종일 말하지 않는 아이, 웃지 않는 아이, 세상을 너무 일찍 닫아거는 비애

나의 오랜 선생이었던 이것을

단숨에 익히면서

서쪽 별은 서러워

간혹 유월비가 무성한 잡초를 데려왔다

셋째 언니

건너편 탁자에 앉은 사람을 좀 오래 보았던 것 같다

눈이 마주치자
얼결에 알은체를 하고 말았는데

죽은 언니가 돌아온다면 스물여덟으로 온다면

저쪽 탁자에 가서라도
물어볼 말이 있다는 것

하루에 스물네 번이나 해가 지고 있었냐고
심부름 시킨 약이 피임약이었냐고
불임이었냐고
그렇다고 그게 어때서,

저쪽 탁자의 사람이 유리컵의 얼음을 휘휘 젓고 있네

가지 마
낮꿈에 여기가 거기라고 믿어보는 일

세계는 언니의 스커트보다 좁았는데

폭포를 구경하다 옷이 다 젖는 경우가 그럴까

나비를 잡다가 눈이 베이는 일도
얼음 알갱이가 점점 사라지고 있을 때

생을 그렇게 휘저으면 안 된다고 말하지 말았어야 했다

얼음물에 꽂아두면 살 수 있을까
그런데 스물여덟은 너무 잔혹하지 않니
종아리가 매끄러운
스물여덟은,

베이컨은 베이컨을 좋아했을까

여러 차례 나쁜 꿈을 꾸고 있었다

정육점에 걸린 고기를 본 때문인지
제 몸이 한짝 대롱대롱 달린 고기라 여긴
탓인지

어둡고 깊게 산 어떤 사람의 부음*이 있었는데
세상은 태연하였고

고기들만 덜렁거렸다

거칠게 불던 바람은 조문의 형식이었다 하자

바람 부는 저녁이면 생고기를 사서 버무리곤 했는데
미리 죽음을 만지는 기분이기도 했는데
부음을 듣던 날도 고기를 주무르고 있었다

죽은 사람을 위한 일은 아니었지만 우연도 아니었다

달리 아무것도 할 수 없는 사람은 편지를 썼고

편육처럼 가지런히 쌓인 글들은
고기만큼의 힘도 되지 않았다

믿음을 바꾸면
흉몽은 사라질까

베이컨은 베이컨을 몰랐을지도 모르는데

* 신영복의 부음.

입구와 출구에서 생이 서로 마주쳤을 때

물이 줄줄 흐르는 은하탕 벽엔
애써 붙인 주의들이 다 떨어졌다

우리가 결국 무얼 할 수 있다고 생각할까

애써 닿지 않으려 거리를 유지하지만

서로 보이지 않으려다 보게 되는 것
돌아나가다 부딪게 되는 것

다 벗고도 우리 단순해지지 않는다

냉정과 열정 그리고 흘러넘치는 손과 발

입구와 출구에서 생이 서로 마주쳤을 때

물가엔 얼룩말과 낙타
끝없고 덧없다

퇴장하지 않으면 끝나지 않는 경기처럼
저마다의 사막이자 고원에서
짧은 순간에도
상대의 슬픈 이력을 엿보아야 했다면

물이 줄줄 흐르는
수평도 절벽이 되는 난간에서

한 발짝도 옮기지 못하고

이곳과 저곳 사이

다섯 평을 견디는 낮과 밤들아
너무 애쓰지 마
우리는 잊혀질 테니

식당에 앉아 혼자 밥을 먹는다

꿈, 그런 건 묻지 않는다

골목마다 반바지와 슬리퍼가 나오고
저 길이 발을 기억하게 될는지

비참하지 않기 위해 서로 말을 걸지 않는데
그게 더 비참인 걸 또 모르는 척한다

더위 정도는 일도 아니야
다섯 평을 견디는 이들은
세상이 그들을 견디지 않는다는 것도 안다

신림은 산다 하지 않고
견딘다 한다
그래서 골목이 숨어라 숨어라
모서리를 만들어준다

나 이곳에 편입해
순두부 알밥 부대찌개 사이 모서리를 돌 때
가도 갈 수 없다는 걸

목이 메여
자꾸 목이 메여
목을 맬까 생각도 든다는 걸

언젠가 TV에서 본
한쪽 발에만
간신히 걸려 있던 삼선 슬리퍼
이건 끝을 모르는 이야기
갈매기처럼 한곳을 향해 혼자 밥 먹던 이들아

슬퍼하지 마
우리는 잊혀질 테니
말없이 사라진 슬리퍼 한짝처럼
슬리퍼조차 떠나간 빈 발처럼

거즈의 방식

진물이 말라붙은 거즈를 보면
그들은 어느새 한몸이 되어 있다

굳이 누가 원했다 하기에도 좀 애매하다
그렇게 말도 없이 애를 낳고 살림을 차리고

시간이 지나면
의미는 쏙 빠지고 이야기만 남지 않을까

아무것도 묻지 않겠다고 데려와 생각날 때마다 흔드는 이들은
제가 흔들리기 때문이다

누구나 불행한 상처만 기억하니까
불행할수록 기억이 많아지니까

마데카솔 광고는 처음처럼 돌아온다 돌아온다는데
누구라 처음을 알까

고쳐 앉으며 돌아누우며 비루한 지상의
상처를 믿어보는 것

영리한 사람은 기억하고 선량한 사람은 이해하겠지

물집이었던 시간에
칸칸 세 들어

우린 이전을
이미 살고 있었던지도 모른다

모르는 세계라면

주말이면 그 길은 자주 막혀서

당신이 돌아선 이유는 이기적이었고
내가 돌아서지 않은 이유는 더 이기적이었으나

이면은 그렇게 이면으로 둘 것이다

돌아서지 않고는 노란 창포를 보지 못했을 것
우리가 무엇으로 창포 같아질까
창포는 벌써 알아차렸는데

입하의 노을을 힘들게 했으니

꽉 막힌 길, 힐난이 노랗다

평소보다 천천히
정체는 모르는 길로 돌아갔을 것이다

모르는 세계라면 좀 참을 수 있지 않은가

살아도 살지 않는 고요
한사코 고집하는 건식을

뭐라 하겠는가

돌아간 것들은 그렇게 우는 답을 알아갈 것이다

의심하면서

어떤 구체는 도무지 그냥 열리는 법이 없었으므로

눈빛

그분하고
같이 된장찌개에 숟갈을 넣었을 때
그렇게
캄캄할 수가 없었다

냄비 안에서 숟갈이 부딪혔을 때
그렇게
아득할 수가 없었다

먼 곳에서 희미하게 딩딩 종소리가 들려오기도 했다

손을 거두며

같은 아픔을 보게 되리라 손가락이 다 해지리라

이것은 시작부터 떠내려간 이야기 있어도 모르는 이야기

순간은, 가깝다는 것만으로도 이루어지니

쏙 베어낸 눈빛 한 조각 가져왔으리라

날카로웠던 횡선
눈이 부셔서 눈감아도 남아서

그 하나면 관뚜껑을 닫을 때 제 눈은 스스로 쓸어줄 수 있으리라

숨소리도 멎었던 그 점심나절에
내일 모르는 봄풀들 곁에

감자는 감자 아닌 걸 생각나게 하고

슬픔을 감자 바구니에 담아놓고
파먹기 시작한다
토실토실하구나
얼마든 배불러도 되겠어

하지 햇볕은 끓어 쓰고도 남아
또 남아
다시 끓어 쓰다가 눈이 베어

—왜 여기 앉아서 뜨거운 감자만 먹고 있는 거야
—이 소금 바가지는 다 뭐야

그렇더라도
아픔을 사용하지 마
병(病)을 이용하지 마

오늘은 다르다 하며 오늘을 가고
길어진 해는 등에 모아서

슬픔은 등뼈가 곧아 머리를 숙이지도 않네

유리창에 바싹 다가가면 내일이 일찍 올지도 몰라
내일이 오면 다른 마음이 들지도 몰라

감자는 왜 감자 아닌 걸 생각나게 하지
배가 부른데 왜 허무한 거지
감자가 아니야 슬픔이 아니야

길었을 뿐이야

모아둔 별은 어디에 풀어야 할까

어떤 믿음은 이제 이곳으로 오지 않을 텐데
망초꽃은 하염없는데

지독

펄펄 끓고 있는 국솥에

나는 무얼 더 넣고 싶은가
정신 차리고 싶은가

토란대와 숙주 고사리가 한사코 현실을 붙들고
제 사연들을 들어달라 들어달라
부글거리다가

숨을 놓으면,

인부들은 땅속 깊은 곳에 어린 소들을
차례로 던졌다
그중에는
다리가 뽀얀 순한 눈도 있었다

가느다란 뽀얀 다리가 허공으로 솟았다 내릴 때도 우린 멈출 수 없었다

끓는 국솥으로 걸어들어가는
시퍼렇게 언 해

미안하지도 않고

여기까지
왔다

그리고 겨울,

이건 시작에 불과하다는 것

끝을 모른다는 것

길 저쪽 눈부심이 있어도 가지 않으리라는 것

가지 못하리라는 것

그저 살아라, 살아남아라

그뿐

겨울은 잘못이 없으니

당신의 통점은 당신이 찾아라

나는

원인도 모르는 슬픔으로 격리되겠습니다

위험을 무릅쓰고 옹호하겠습니다

이후

저는 제가 없어진 줄 모르겠습니다

해설

당신의 안과 밖

조대한(문학평론가)

사람이 비밀이 없다는 것은
재산 없는 것처럼 가난하고 허전한 일이다.
—이상, 「실화(失花)」

On the inside

일회용 상자 하나가 눈앞에 놓여 있다고 가정해보자. 아마도 당신은 눈에 보이는 상자의 외피에 잠시 시선을 보내고는 이내 상자 안쪽의 상상적 내용물에 관심을 쏟기 시작할 것이다. 드러나 있지 않은 안쪽의 그 내용물은 숨겨져 있다는 사실 하나만으로 어떤 비교우위를 지니기도 한다. 그것은 보이지 않기 때문에, 혹은 무엇인지 아직 정해지지 않았기 때문에 획득할 수 있는 특별함일 것이다. 벤야민이 이야기했던 등이 굽은 체스의 명수도, 죽지도 살지도 못하는 슈뢰딩거의 그 고양이도, 어린 왕자가 원했던 정체 모를 작은 양도 그러한 비가시성과 불확실성의 상자 안에 영원히 살고 있다. "상상력은 판도라 상자 이상"의 것이고 "있지 않은 걸 보게 하"는 "그 환상이 언어를 가질 때 시가 된다"(이규리, 『시의 인기척』, 난다, 2019)고 말하는 시인의 말처럼, 누군가에게 그 비가시성은 시의 원동력이 되기도 한다. 희망에 찬 기대감이든 미지에의 두려움이든 그 상자를 열 때 당신은 아직 확정되지 않았던 가능성과 잠재성을 언박싱(unboxing)

하게 된다.

이 시집의 입구에는 시인이 의도적으로 가져다둔 듯한 「상자」라는 시편이 하나 놓여 있다. '나'는 그 일회용 상자 안에 무언가를 차곡차곡 쌓아서 눈에 잘 띄지 않는 지하실에 내려다둔다. 그 속에 넣어둔 것은 오래된 꿈 같기도 하고, 지난 시절 당신과의 사랑 같기도 하다. "아래층에 맡겨둔 봄을", "아래층에 맡겨둔 당신을", 먼지만 뿌옇게 쌓였을 "그 상자를 나는 열지 않"으려 한다. 그렇게 슬픔과 허기를 빼곡히 재우다보면 무게를 견디지 못하고 떨어지는 꽃잎처럼 "고요히 찬 인연이 저물"고, 부피를 가득 채운 그 시간들은 시효가 만료된 지난 계절처럼 사라지는 듯하다. 그 무거워진 과거의 "상자들을 두고 그들은 떠났다". 마지막 구절의 '가능'은 여러 의미로 해석되겠지만, 앞선 의미들과 연관지어본다면 그것은 새로운 가능성의 부피로 읽힐 수도 있을 것 같다. 내가 묻어둔 당신과의 시간과 함께했던 마음의 체적만큼, 나는 무언가를 새로이 시작할 또다른 상자 하나를 얻게 된다.

「일회용 봄」이라는 시편에서도 비슷한 시적 모티프가 등장한다. '너'와의 지난 시간은 '나'에게 의도치 않은 상처를 남겼던 것 같다. 나는 그곳에 '일회용 밴드'를 붙인다. 신기하게도 그 밴드를 떼고 나면 너와의 힘겹고 "치사한 어제가 감쪽같이 사라"진다. 우리가 함께했던 시간은 행복했던 것만큼이나 많은 생채기를 남긴 듯하다. 날카로운 네 말의 "모서리가 몇 차례 피부를 그었던" 자리에 딱지가 가라앉고, "진물로 꾸덕꾸덕해진" 그곳에 또다시 흠집이 덧입혀진다. 하지만 그것은 상처로 남아 있을 때까지만, 새살이 돋아나 모두 "아물 때까지만 너의 이야기"이다. 당신과의 시간을 보이지 않게 덮어주었던 아늑한 상자의 덮개처럼, 안락한 밴드가 그 상처를 살며시 가려주고 나면 나는 더이상 너의 흔적을 찾지 못한다. 눈에서 오랫동안 멀어진 그 시절이 모두 다 지워지면 쓸쓸해진 만큼 자유로운 계절이 다시금 다가온다. "일회용 봄이 저기 또" 시작된다.

원했던 건 그렇게 먼 곳으로 흘러가요
다 흘러가요

안 보이는 것이 이토록 다정한걸요

복면한 사람 중에 당신이 있었어요

서로 알아보지 못했으므로
기쁨이 자욱했던 것

다가갈수록 흐릿해지는 이것을
누군가 진실이라 말하기도 했어요

암전

(……)

다시 암전

그럴수록 아무도 모르는 먼 곳으로

하

당신
그립지 않아요

—「그해 안개」 부분

그렇게나 간절히 원했던 '당신'과의 시간도, 당신과 함께 나누고자 했던 미래도 저멀리 흘러간다. 애틋했던 그해의 기억은 뿌연 안개에 덮인 것처럼 점점 더 흐릿해지고, 서로를 향했던 날카로운 말들도 무뎌지고 닳아서 이제는 몽글하고 포근하게 나를 간질인다. 시간의 마모와 추억의 아련함으로 불투명해진 당신의 얼굴은 이제 내게 "복면한 사람"처럼 익명의 형체만 남아 있는데, 어슴푸레한 당신과 함께했던 그 시간엔 왠지 "기쁨이 자욱했던 것"만 같다. "안 보이는 것이 이토록 다정한 걸" 그때는 왜 몰랐을까. 나는 이제 정말로 당신이 "그립지 않"다. 지난겨울 속에 담겨 하얗게 김이 서린 그 시절의 이야기는 어느덧 다음 계절을 위해 "선반 위에 둔 흐린" 추억이 되었고, 그 "이월하는 상자" 속 당신과 나의 모습은 "안경알을 닦을 때"(「그런 12월」)나 일순간 모습을 드러냈다 이내 다시 흐릿해진다.

한데 만약 당신과의 시간이 담긴 그 상자가 투명한 것이었다면 어찌해야 할까? 시간의 격차만큼 벌어졌던 당신과 나 사이의 온도차가 좁혀져서 김이 서렸던 그 안쪽이 훤히 보이게 된다면, 완전히 지워진 줄 알았던 상처가 새삼스레 눈앞에 모습을 드러낸다면 나는 어떻게 해야 할까. 앞서 살펴보았듯 상자가 지니는 특별한 가능성은 그 비밀과도 같은 불확실성과 비가시성에 있다. 그 가능성의 부피가 "투명하다는 건 힘이 될 수 없"고 "어떤 패도 지킬 수가 없"(「얼음 조각」)다는 뜻이다. 따로 떼어 숨겨두려 했던 선반 위의 상자가 오히려 투명하게 나를 내려다보고 있다는 것을 느꼈을 때, 단절하고자 했던 당신의 모습이 유리 너머로 전시되고 있다는 것을 자각했을 때, 그 시절을 지우며 끊어냈던 소거의 욕망은 이제 다가갈 수 없는 단절된 갈망으로 복잡하게 뒤엉킨다. "보고 싶지 않은 건/ 보지 않을 수 없"다는 것이고 "잊고 싶은 건 결국 잊히지 않는"(「느리게 또 느리게」)다는 것이기에, 어쩌면 안쪽에 묻어두려 했던 당신은 내가 몰래 가닿고 싶었던 저 너머에 놓여 있었는지도 모르겠다. 안과 바깥의 위계가 뒤얽힌 그곳에서 닫아두려 했던 당신과의 시간이 오히려 나를 가둔다. "사무치는 이름들을 부르며 닫힌" 저 문 너머로 나는 그 시절을 한 번 가두고 동시에 "또 한번 갇"(「폭설」)힌다.

부재하고 싶었어 멸하고 싶었어 저 실상으로부터

허리가 끊어질 듯 아프고 목이 가늘어지지만
나는 서서히 사라져야 한다

어떻게 죽는 방식이 사는 이유가 되었니
카펫을 적시며
왔던 곳으로 돌아가는 적막을

투명하다는 건 힘이 될 수 없지만
어떤 패도 지킬 수가 없지만

버티어온 힘으로
그러니 다시 고쳐서 말해보자

죽음이 이미 거기

있었으므로,

—「얼음 조각」 부분

"부재하고 싶었"고 "멸하고 싶었"다는 간절한 호소는 실은 내가 사라지지도, 그 대상으로부터 완전히 멀어지지도 못했다는 것을 여실히 보여주는 듯하다. 아늑한 다락 너머에 숨겨둔 줄로만 알았던 당신이 얼음처럼 스스로를 비춰 보이고, 투명하게 반사된 그 빛은 다시 나의 내부를 되비추는 듯하다. 벤야민은 이 투명한 유리의 막을 비밀의 적이라고 이야기한 적 있다. 그는 내부와 외부를 연결하는 투명한 유리창에서 사적 공간 또는 고유성이 사라진 집단 유토피아의 기술적 가능성을 찾아내고자 했던 것 같다. 그의 말을 조금 바꿔본다면, 가두어둔 당신의 기억을 투명하게 드러내고 있는 저 유리 상자는 '나'라는 개인의 사적 공간을 파고드는 시적 매개이기도 할 것이다. 나와 타자의 고유한 영역이 안과 바깥을 서로 공유하고 있다는 점에서, 그것은 기억뿐 아니라 존재론에 닿아 있는 문제이기도 하다.

당신으로부터 자유로워지기 위해 떼어둔 비밀스러운 시의 상자가 오히려 나의 영역을 투명하게 좀먹는 이 역설적인 상황 속에서, 시인의 선택은 의아하게도 오히려 당신에게 한 발자국 더 다가서는 일이다. 당신이 이끄는 인력에서 멀어지기 위해 "허리가 끊어질 듯 아프고 목이 가늘어"지도록 버티던 나는 오히려 그 "버티어온 힘"을 자양분 삼아 "왔던 곳으로 돌아가는" 길을 선택한다. 그것은 출발점으로의 회귀이기도 하지만 나의 영역을 조금씩 소거하고 당신이라는 타자의 영역을 점차 늘려간다는 점에서, 오롯한 존재론의 측면에서는 거꾸로 된 소멸의 걸음이기도 할 것이다.

얼음처럼 투명해진 자신의 영역을 녹여가며 나는 스스로의 죽음 속으로 한 발씩 걸어 들어간다. 아니 어쩌면 애초부터 시인에게 '나'는 "죽는 방식이 사는 이유"로 작동하는 존재일지도 모르겠다. "죽음이 이미 거기/ 있었"다는 표현으로 미루어 짐작해보건대, 내 삶은 처음부터 당신이라는 타자를 이면에 두고 시작된 것이 아니었을까. 내게서 가장 먼 당신을 보는 것이 나의 모습을 비추는 유일한 길이라고 생각하는 시인은 그렇게 "미리 죽음을 만지는 기분"(「베이컨은 베이컨을 좋아했을까」)으로 숨겨두었던 당신을 향해, 나의 내밀한 바깥을 향해 다시금 걸음을 옮긴다.

To the outside

그렇다면 이번에는 바깥을 이야기해보자. 상자 안쪽에 묻어두었던 당신의 영역이 실은 내가 가닿고자 했던 너머의 어딘가라는 것을 깨닫고 나아가는 길, 그것은 타자에게 다가감과 동시에 근원적인 나에게로 다가가는 길이라는 점에서 존재의 역전이기도 하지만, 놓아둔 과거의 출발점이 새로운 목적지로 화한다는 점에서는 시간의 뒤바뀜이기도 할 것이다. 이같이 거꾸로 된 역행적 시간의 구성은 이규리 시인의 이번 시집에서 종종 나타나는 일이다.

예컨대 「역류성 식도염」이라는 시편에서는 "거꾸로 서서 내일을 본"다고 말하는 '나'의 이야기가 나온다. 내가 그렇게 물구나무서서 세상을 바라보는 까닭은 지나간 "밤의 이야기들"이 역행하듯 자꾸만 나를 찾아오기 때문이다. "당신이/ 관념이/ 아름다움이" "살아 자주 역류했다"고 나는 말한다. 저 너머에 있는 과거의 당신이 지금 이곳의 나를 찾아 역류하고, "나도 내가 아닌 곳으로 흐"르며 어제의 당신을 찾아간다. "이해할 수 없는 문과 문 사이에서 앞날을 흔들어보"는 이러한 방식은 안과 바깥의 위치를 뒤바꾸는 "역설의 방식"이라고 시인은 말한다. 「소리가 소리를 되돌리는 이유」라는 시편에서도 "메아리를 되돌리"듯 자신이 온 곳으로 돌아가는 한 음성적 존재의 풍경이 그려져 있다. 자신을 만들어낸 진원지로부터 얼마나 떠나왔는지, 지금 "왜 여기서 이러고 있는지" 알지 못한 채 그는 자신이 걸어왔던 소리길을 되짚어가고 있는 듯하다. 스스로가 "무얼 하는지 모르면서", 자신의 여정이 "어디까지인지 모르면서" 왜 그는 계속 "서쪽으로 향하"고 있을까. 본인의 위치와 미래가 어디쯤에 있는지도 모르는 채 적막처럼 저물어가는 방향으로 향하는 발걸음을 왜 끝내 돌리지 못하는 것일까.

서풍은 서쪽으로 부는 바람 아니라
서쪽에서 불어오는 바람이라 하나

그냥 다 서풍만 같다

이파리 뒤에 숨은 열매가 말라가고 있을 때
어느 쪽으로 가느냐고 너는 물었다

마른 덩굴은 끝내 팔을 풀지 않고 생을 마쳤는데
그 안은 비어 있었고

어느 쪽으로도 갈 곳이 있지 않았다

거미는 거미를 사랑하고
벌새는 벌새를 부르고

그렇다고 뭐가 달라졌을까

말라가던 열매가 빨갰는지 어땠는지 너는 다시 물었지만
그 말도 비어 있었다

떠나는 일이야말로 서쪽이었는데

그토록 아프다 하면서 세계는 변하지 않는 것이지

꽉 낀 팔을 풀어주고

어느 쪽으로 가는지
어느 쪽에서 왔는지

꼭 다문 입술 어두워지는 문밖으로

다만 서풍이라 싶은 것이다

—「저녁의 문」 전문

위 시편에서도 자신의 정확한 위치를 알지 못하는 시적 화자가 등장한다. '나'는 자신이 "어느 쪽으로 가는지" 혹은 "어느 쪽에서 왔는지" 질문을 던져보지만 명확한 답을 얻지는 못하고 있는 듯하다. 내가 헤매며 서 있는 곳으로 선득한 바람이 불어오고 나는 그것을 '서풍'이라고 여긴다. 서풍이라는 것은 분명 "서쪽에서 불어오는 바람"일 텐데, 나의 등을 떠미는 그 바람은 마치 "서쪽으로 부는 바람"인 것만 같다. 아니 어딘지 알 수 없는 이곳에서 나를 스쳐가는 모든 것들이 "다만 서풍이라 싶은 것이다". 일반적으로도 서쪽은 하강의 정서를 지닌 방위이지만, 서쪽과 바람과 시의 맥락이 결합되면 그곳은 특히나 죽음과 종결의 이미지가 강해진다. 퍼시 셸리의 것이든 김춘수의 것이든 서풍을 다룬 시편들의 대부분은 비록 그 세목은 다를지언정 죽음이나 이별을 맞이한 한 존재 혹은 세계의 전환을 노래한다.

또 불교 문화권에서 그곳은 서방정토이자 현세를 초월한 극락세계가 놓여 있는 방향이기도 하다. 그렇기에 '저녁의 문'이라는 시의 제목처럼, 서쪽 너머의 세계는 지금 이곳의 문턱을 넘어가면 닿을 수 있는 피안이자 바깥 세계를 뜻하기도 한다. 서풍이 이처럼 죽음 이후 탄생할 새로운 세계의 진입로를 향해 등을 떠미는 무형의 힘이라 할 수 있다면, 마찬가지로 존재적 소멸을 각오하고 과거의 당신에게로 다가가던 '나'의 발걸음 속에도 새로운 기대감 같은 것이 일정 부분 배어 있었는지도 모르겠다. "이파리 뒤에 숨은 열매"를 품고 "끝내 팔을 풀지 않고 생을 마"치는 "마른 덩굴"의 바람처럼, 그 마음은 내 품속 비밀스런 상자에 담긴 내밀한 타자를 향한 기대임과 동시에 과거에 남겨두고 온 미래의 씨앗에 관한 소망일 것이다. 그곳엔 아직 도래하지 않은 미래의 가능성과 과거에 두고 왔던 미처 발아하지 못한 잠재성이 한데 뒤섞여 있는 것만 같다. 저녁의 문턱에 다가서듯 그 투명한 "유리창에 바싹 다가가면 내일이 일찍 올지도"(「감자는 감자 아닌 걸 생각나게 하고」) 모른다고 시인은 적고 있다.

하지만 그렇게 힘들게 다가간 곳 너머엔 왠인지 아무것도 존재하지 않는 것 같다. 열매를 품고 말라가던 덩굴은 끝까지 모종의 희망을 놓지 않은 채 제 생을 마쳤는데, 실상 품에 꼭 안고 있던 "그 안은 비어 있었"다. 그 안에서 "말라가던 열매가 빨갰는지 어땠는지" 때늦은 질문을 던져보지만,

뒤늦게 열어본 "그 말도 비어 있"는 것은 매한가지이다. 자신을 소거하면서까지, 살아가던 세계의 소멸을 감내하면서까지 도달하려 했던 그곳에서 나는 텅 빈 공허함만을 발견한다. 바라마지 않았던 세계의 문을 여는 순간, 즉 당신과 나를 단절시켰던 그 유리창을 넘어서는 순간 그곳엔 절망스러운 공백과 고요한 적막만이 남는다.

카이사르가 집권하던 로마 공화정 말기, 절대 권력이었던 그를 살해해 로마를 온전한 공화정으로 되돌리고자 했던 사람들이 있었다. 그들이 없애고자 했던 것은 카이사르라는 독재자였지만, 그로 인해 바뀌어가던 로마의 정치체제이기도 했다. 그들은 카이사르의 세계를 종결시켜 자신들이 원하던 과거의 로마를 복원함과 동시에 자신들이 꿈꾸던 미래를 열어젖히려 했다. 치밀한 계획 끝에 암살은 성공했다. 그러나 이후 그들이 맞이한 세계는 본인들의 의도와는 전혀 다른 것이었다. 카이사르가 죽은 뒤 로마는 공화정의 끄트머리에서 본격적인 제정(帝政) 국가로 급격히 전환되고 만다. 암살자들이 과거에 두고 왔다 믿고 있었던 로마의 미래는 아직 열리지 않은 상자의 내용물처럼, 카이사르가 생존하던 세계의 지반 위에서만 상상 가능한 것이었다. 카이사르가 살해당하자 그 세계를 받치고 있던 기반 자체가 무너져 버렸고, 그들은 기존의 인식으로는 도저히 이해할 수 없는 새롭게 열린 세계와 맞닥뜨려야 했다. 그렇게 한 세계의 문턱을 넘어 도착한 곳이 곧 이전의 인식으로는 이해 불가능한 낯선 지반의 세계라는 점에서, 그곳은 일종의 의미의 공백 지대이기도 할 것이다.

그 세계의 전환은 칠흑같이 어두웠던 곳이 돌연 밝은 세계로 뒤바뀐 후에야, "캄캄한 데서 흰빛이 나오"는 곳으로 전환된 뒤에야, "눈멀어 얻은"(「유전」) 세계이기도 하다. 신화 속 이능의 지혜를 얻은 무수한 예언자들이 그러하듯이, 한 세계의 폐제와 다른 세계로의 상징적 개안은 그렇게 동시에 일어나는 듯하다. 그러니 투명한 상자 너머를 바라보던 '나'와 그 경계를 넘어선 이후의 '나'는 전혀 다른 존재일 수밖에 없다. 경계를 넘어서기 "조금 전의 나와 지금의 내가 같지 않"(「10시의 잎이 11시의 잎에게」)은 것처럼, 창을 넘어서기 이전에 바라보던 당신 역시 새로이 도착한 텅 빈 이곳에는 존재하지 않을 것이다. "10시의 잎이 11시의 잎에게" 이야기를 건넬 수 없는 것처럼, 그 경계 너머에 "내가 있었음과 당신이 없었음은/ 또 어떻게 말할"(「10시의 잎이 11시의 잎에게」) 수 있을까.

우리들 중 "한 사람은 문안에 있고 한 사람은 문밖에 있"(「장미를 구부렸습니다」)다. 그렇게 닫힌 문과 투명한 벽 너머로만 서로를 볼 수 있다는 건 나와 당신의 세상 사이에는 아무런 공통 지대가 없다는 뜻이기도 할 것이다. 온전히 내 소유물이 되었다고 믿은 과거의 당신은 나와 아무런 접점이 없고, 연결되었다고 여겼던 우리의 영역은 실상 철저히 분리되어 있었던 것 같다. 그런 아득한 단절 속에서 당신과 나는 어떻게 서로를 이해하고 받아들였을까, 과연 "이해란 가능한 물질일까"(「벽에서 벽으로」)? 각자의 유리벽에 남기는 서로의 입김과 손그림처럼, 아무런 접촉도 없는 단절 속에서도 서로 닿아 있다고 믿는 어떤 광기의 도약을 우린 이해라는 이름으로 부르고 있는 것이 아닐까. 나와 당신 사이에 과연 어떠한 실체가 있는지 "아득한 마음이 드는 날"이면, 나는 우리 둘 사이의 벽에 "손가락으로 금을"(「벽에서 벽으로」) 그어본다. 아무런 연결고리도 없는 허공에 이름과 형태를 붙인 별자리같이 그 "불가능하고 아름다운 도형"(「벽에서 벽으로」)을 그리다보면, 텅 빈 적막과 공백뿐인 우리 사이에도 희미한 흔적이 남게 될 것만 같다.

흩날리는 부질없음을 두고 누구는 첫눈이라 하고 누구는 첫눈 아니라며 다시 더듬어보는 허공, 당신은 첫눈입니까

오래 참아서 뼈가 다 부서진 말
누군가 어렵게 꺼낸다
끝까지 간 것의 모습은 희고 또 희다
종내 글썽이는 마음아 너는,

슬픔을 슬픔이라 할 수 없어
어제를 먼 곳이라 할 수 없어

더구나 허무를 허무라 할 수 없어
첫눈이었고

햇살을 우울이라 할 때도
구름을 오해라 해야 할 때도
그리고 어둠을 어둡지 않다 말할 때도
첫눈이었다

그걸 뭉쳐 고이 방안에 두었던 적이 있다

우리는 허공이라는 걸 가지고 싶었으니까
유일하게 허락된 의미였으니까

저기 풀풀 날리는 공중은 형식을 갖지 않았으니

당신은 첫눈입니까

—「당신은 첫눈입니까」 부분

위 시편의 '나' 역시 소중히 간직해온 당신의 기억과 말들을 어딘가에 담아둔 듯하다. 오래도록 멀어졌던 시간만큼 힘들게 되돌아온 그곳에서 나는 선반 너머의 상자를 들춰보듯 꼭꼭 숨겨온 그 말들을 "어렵게 꺼낸다". 그렇게 "오래 참아서 뼈가 부서진 말"들은 나의 대기와 접촉하는 순간, 당연하다는 듯 부스러지고 흩어져 허공에 흩날린다. 힘들게 마주한 저 너머 당신의 세계는 눈을 뜨지 못할 만큼 "희고 또 희다".

이내 녹아 사라질 것을 알고 있으면서 기억 속의 나와 당신을 "뭉쳐 고이 방안에 두었던 적이 있다". 닿자마자 사라질 것을 알고 있음에도 그 불가능한 축적을 꿈꾼 적 있다. 저 너머에 도착하자마자 텅 빈 공백으로 화할 당신을 알고 있었으면서도 어떤 흔적을 남겨보려 애쓴 적 있다. 그러니 이 세계의 문턱을 넘어섰을 때, 내가 처음으로 만난 흰 눈에서 당신을 떠올린 것은 어쩌면 당연한 수순이었는지도 모른다. 그 눈은 낯선 세계에 진입한 내가 최초로 목도한 흰빛이자, 기화되어 사라진 당신이 이 세계에 애써 응결시킨 불가능한 흔적일지도 모르기 때문이다. 축적되었다 믿은 시간이 모두 무의미하게 흩어지고 나와 당신의 언어가 서로에게 닿지 않는 이 새로운 허공의 지반 위에서, 부질없이 흩날리는 저 눈송이들은 나를 찾아온 기적 같은 당신의 흔적이자 "유일하게 허락된 의미"가 아닐까. "아무도 듣지 않는 이야기를 할 수 없어서", 그럼에도 "아무도 듣지 않는 이야기를 하고 싶어서"(「모르는 새」) 나는 당신에게 닿지 못할 말을 건넨다. "당신은 첫눈입니까".

그러나 이 세계의 문을 넘어서고 나면 "어떤 발언도 이후 유효하지 않"(「사물입니까?—에드워드 호퍼」)을 것이고, 텅 빈 그곳에서 내가 당신에게 건넨 안부는 메아리처럼 허공만을 맴돌 것이다. 그러니 아무 일 없이 반복되는 계절처럼, 다시 처음으로 되돌아가보자. 서두에서 비밀이 없는 이의 생을 불행하다 여겼던 작가 이상은 본인의 필명조차 상자[箱]로 지어 자신의 글을 어딘가에 가둔 채 보여주려 했다. 대표작 「날개」가 여실히 보여주듯 골방에서 시작된 그의 글쓰기는 모조로 건축된 한 세계조차 벗어나지 못한 채 실패로 끝났던 것 같다. 아니 정확히 말하자면 그 세계에서 벗어나려 했기 때문에, 새로운 세계로의 부푼 꿈을 안고 현해탄을 건너갔기 때문에, 그는 카이사르의 암살자들이 그러했듯 기대와는 다른 세계를 만나 좌절에 빠졌고 얼마 지나지 않아 거짓말같이 짧은 생을 마감했다.

그렇게 수많은 이들을 존재의 파멸로 이끌었던 저 너머의 상자처럼, 나의 앞엔 당신이 늘 놓여 있을 것이다. 그러고는 문턱 너머에 있을 꿈같은 세계로 나를 계속 매혹할 것이다. 문제는 그 바깥에 무엇이 있을지 지금 이곳의 나는 도저히 알 수가 없다는 점이다. 비록 손에 잡힐 듯 한없이 투명해 보일지언정 이곳에서 바라본 그 너머의 세계는 어떻게 뒤바뀔지 예측할 수 없다는 점에서, 상자의 덮개를 열어젖히는 순간 이전 세계의 나를 표백할 낯선 빛이 무방비하게 쏟아져 내릴 것이라는 점에서, 그 미래에의 비가시성과 불확실성은 여전할 것이다. 엘리자베스 그로스는 바깥이라는 공간이 단순한 물리적 외부가 아니라, 안쪽의 우리가 완벽히 차지할 수 없는 불가능의 장소이자 존재의 자기 일관성을 거부하는 곳이라고 이야기했다. 그의 말을 참조한다면, 바깥이 우리에게 매혹적인 이유는 지금 이곳의 일관된 나의 존재를 위협하는 이해 불가능한 미지의 타자성이 그곳에 있기 때문일 것이다. 그 매혹(魅惑)은 단순한 호감과는 달라서 나를 파괴할 것만 같은 의혹과 불안을 동반한다. 그러니 어쩌면 나는 존재적 소멸의 위험을 무릅쓰고 당신을 사랑한 것이 아니라, 내 존재의 완전함을 좀먹는 그 불가능성의 위험 때문에 당신을 사랑할 수밖에 없었던 것이 아닐까.

그렇다면 이 시집이 옳음과 옳지 않음(「당신은 너머가 되지 못했다」), 창밖과 창안(「사물입니까?—에드워드 호퍼」), 문틈의 안팎(「이 불쌍한 눈」), 두 개의 문(「두 개의 문—르네 마그리트의」), 사하라와 툰드라(「놀라운 일, 바이러스」) 등 서로간의 접점이 없는 영역과 화해가 불가능한 문장들의 안팎을 끊임없이 진동했던 이유 또한 이제야 설핏 이해가 간다. 그 양쪽의 세계는 각자의 영역에 도달하더라도 이미 실패와 파국이 예정되어 있는 "가능한 불가능"이자, 온전히 도달할 수 없기에 시작될 수 있는 "불가능한 가능"이기 때문에, 시인에게 두 세계는 "갈 수 없"기에 끝없이 서로 "가고 싶"(「겨울 꿈」)은 매혹적인 바깥이었을 것이다.

반가운 첫눈을 맞던 겨울이 끝나고 언젠가 당신의 흔적마저 모두 휘발된 봄의 문턱이 찾아올 것이다. 그 새로운 세계로의 진입이 언제나 "시작에 불과하다는 것", 그리고 "끝을 모른다는 것"(「그리고 겨울,」)이 늘 우리를 불안하게 만든다. 하지만 그 너머의 불안과 위험을 생의 원동력으로 삼고 있는 시인에게 잔혹하도록 일회용인 "봄은 오는 게 아니"라, 그곳을 향해 "가고 있는"(「이후」) 목적지가 아닐까. 이 계절의 문턱을 넘어서면 또 어떤 새로운 세계가 나타날지, 이후 우리의 존재는 어떻게 변해갈지 지금 이곳에서는 도저히 알 길이 없다. 하지만 시인은 그 "불확실에게 생을 건"(「전야」) 채 보이지 않는 상자를, 두고 온 미래를, 너머에 있는 당신을 한번 더 연다

이규리 1994년 『현대시학』을 통해 등단했다. 시집으로 『앤디 워홀의 생각』 『뒷모습』 『최선은 그런 것이에요』가 있고, 시적 순간을 담은 산문집으로 『시의 인기척』 『돌려주시지 않아도 됩니다』가 있다.

문학동네시인선 151
당신은 첫눈입니까
ⓒ 이규리 2020

1판 1쇄 2020년 12월 10일
1판 14쇄 2024년 12월 10일

지은이 | 이규리
책임편집 | 강윤정
편집 | 이재현 김영수
디자인 | 수류산방(樹流山房) 본문 디자인 | 유현아
저작권 | 박지영 형소진 최은진 오서영
마케팅 | 정민호 서지화 한민아 이민경 왕지경 정유진 정경주 김수인 김혜원 김예진
브랜딩 | 함유지 함근아 박민재 김희숙 이송이 김하연 박다솔 조다현 배진성
제작 | 강신은 김동욱 이순호
제작처 | 영신사

펴낸곳 | (주)문학동네
펴낸이 | 김소영
출판등록 | 1993년 10월 22일 제2003-000045호
주소 | 10881 경기도 파주시 회동길 210
전자우편 | editor@munhak.com
대표전화 | 031) 955-8888 팩스 | 031) 955-8855
문의전화 | 031) 955-2696(마케팅), 031) 955-2678(편집)
문학동네카페 | http://cafe.naver.com/mhdn
인스타그램 | @munhakdongne 트위터 | @munhakdongne
북클럽문학동네 | http://bookclubmunhak.com

ISBN 978-89-546-7623-6 03810

* 이 책의 판권은 지은이와 문학동네에 있습니다. 이 책 내용의 전부 또는 일부를 재사용하려면 반드시 양측의 서면 동의를 받아야 합니다.

잘못된 책은 구입하신 서점에서 교환해드립니다.
기타 교환 문의: 031) 955-2661, 3580

www.munhak.com

문학동네